BILBO JEUNESSE

Collection dirigée par
Anne-Marie Villeneuve

Isis, ma belle Isis

Isis, ma belle Isis

BERNADETTE RENAUD

QUÉBEC AMÉRIQUE jeunesse

Catalogage avant publication de Bibliothèque et Archives nationales du Québec et Bibliothèque et Archives Canada

Renaud, Bernadette
Isis, ma belle Isis

(Bilbo ; 169)
Pour les jeunes.

ISBN 978-2-7644-0610-6
I. Titre. II. Collection: Bilbo jeunesse ; 169.
PS8585.E63I85 2008 jC843'.54 C2007-942373-6
PS9585.E63I85 2008

Conseil des Arts du Canada Canada Council for the Arts

SODEC Québec

Nous reconnaissons l'aide financière du gouvernement du Canada par l'entremise du Programme d'aide au développement de l'industrie de l'édition (PADIÉ) pour nos activités d'édition.

Gouvernement du Québec – Programme de crédit d'impôt pour l'édition de livres – Gestion SODEC.

Les Éditions Québec Amérique bénéficient du programme de subvention globale du Conseil des Arts du Canada. Elles tiennent également à remercier la SODEC pour son appui financier.

Québec Amérique
329, rue de la Commune Ouest, 3e étage
Montréal (Québec) H2Y 2E1
Téléphone : 514 499-3000, télécopieur : 514 499-3010

Dépôt légal : 1er trimestre 2008
Bibliothèque nationale du Québec
Bibliothèque nationale du Canada

Révision linguistique: Diane Martin et Diane-Monique Daviau
Mise en pages: André Vallée – Atelier typo Jane
Conception graphique: Louis Beaudoin

Imprimé au Canada

Chapitre 1

Le coup de foudre

J'ai eu le coup de foudre au premier regard ! Du haut de sa dizaine de centimètres, le chaton, assis sur son petit derrière, me fixait sans cligner ses yeux bleus et curieux : des yeux doux et espiègles à la fois.

— As-tu choisi, Agathe ?

Lui, c'est mon père. Quand je vivais avec maman, je ne le voyais pas souvent. Il est gentil mais il m'intimide. Peut-être qu'on n'est pas encore habitués à revivre ensemble. Il vient de me demander si j'avais choisi un chaton, mais ce qui l'intéresse vraiment, ce sont les cages de transport. Maman disait qu'il prenait une éternité pour se décider, même pour une niaiserie. Sophie, elle (Sophie, c'est la nouvelle épouse de mon père), elle dit qu'il réfléchit. N'empêche qu'il prend plus de temps à choisir la cage que moi, le chaton.

En fait, c'est pas mal plus calme chez papa et Sophie que chez maman. Chez maman, ça bougeait tout le temps. Il y avait sa meilleure amie qui débarquait n'importe quand. Il y avait parfois un copain, mais ça ne durait pas. Il y avait surtout des projets, mille projets. Maman prenait tellement de temps à les rêver, à les améliorer dans sa tête que, finalement, elle changeait d'idée et passait à un autre projet. J'étais habituée ; ça ne me dérangeait plus.

Chez papa, c'est Ludovic qui bouge tout le temps.

— Beau minou... dit Ludovic en désignant un autre chaton.

Ludovic, c'est mon petit frère. Il a trois ans. En fait, c'est mon demi-frère puisqu'il est le fils de papa et de Sophie. Bon, maintenant Ludovic veut prendre le chaton roux qu'il a montré. Si je refuse, il va crier et s'il crie, papa va peut-être me disputer. Autant le lui donner.

Zut ! Ludovic a échappé la petite bête grouillante dans l'animalerie ! En courant après elle, il tombe sur des sacs de litière. Ça y est ! Le voilà qui pleure à tue-tête. Papa n'est pas content. Ça me rassure qu'il ne passe pas tous ses caprices à mon petit frère.

Finalement, les larmes de Ludovic ont du bon : papa se décide pour la cage. Moi, mon choix est fait depuis longtemps. J'ai un chaton dans les mains et il ne s'échappera pas, celui-là, c'est moi qui vous le dis.

— Il va rester comme ça ? s'étonne mon père.

Le pelage de mon chaton est tout noir, de la tête au bout de la queue ; ça, c'est ordinaire. Mais il a aussi de grands poils blancs, tout raides.

La caissière est surprise, elle aussi. Moi, je trouve que ça lui va bien et que ça le rend différent des autres. J'ai demandé si c'était un mâle ou une femelle. On a appris que la petite bête est une chatte et ça m'a fait plaisir. Je me suis dit qu'on se comprendrait encore mieux, entre filles.

Quand j'ai voulu la faire entrer dans la cage de transport toute neuve, oups... elle m'a glissé des mains. La voilà rendue sur le clavier de l'ordinateur de la caisse.

J'ai ri, la vendeuse a rattrapé la vagabonde et l'a déposée dans la cage. Papa a ri à son tour : la petite chatte semblait minuscule dans cet espace bien trop grand pour elle.

Sitôt à la maison, la cage à peine posée par terre et ouverte, la petite chatte (on dit une *chatonne*, m'a affirmé papa) est sortie comme une princesse, nullement impressionnée. Puis, la tête légèrement relevée, elle nous a tous regardés de son air tranquille.

— Aucune inhibition ! s'est exclamé mon père, impressionné lui aussi.

Mon père utilise souvent de grands mots pour s'exprimer. *Que le mot soit grand ou petit, ce qui compte, c'est qu'il soit précis !* répète-t-il toujours. En attendant, comme il parle de *ma* chatte, ma curiosité l'emporte.

— Qu'est-ce que ça veut dire, ce grand mot-là ?

Il la soulève et la dépose tout entière dans sa main gauche. Puis, il la relève à la hauteur de ses yeux.

— Ça veut dire que ce petit minou-là fait ce qui lui plaît !

Comme pour lui répondre, elle saute de sa main. Papa la rattrape de justesse avant qu'elle ne chute de près de deux mètres.

— Tu vois ? ajoute-t-il en éclatant de rire. Elle voulait partir ? Elle a sauté !

Mon visage s'éclaire d'un grand sourire d'admiration devant l'audace de mon chaton. Il est comme je voudrais être ! Que j'aimerais ça, avoir de l'audace ! Si, au moins, j'étais blonde aux yeux bleus ou rousse aux yeux verts. Mais non ! Mes cheveux sont d'un brun ordinaire. Mon visage est, eh bien ! pas laid, mais il est loin d'être beau comme celui de Camille Beaudin, qui commence à le savoir un peu trop, je trouve. En plus, j'ai deux dents qui ne sont pas tout à fait droites. Comment avoir confiance en moi si je n'ai rien d'extraordinaire ? Le mot le dit : extra – ordinaire. Ça ne peut pas être ordinaire, ça !

Sophie rentre du jardin en enlevant ses gants pleins de terre. Elle vient de planter les bulbes de tulipes pour le printemps prochain.

— Hé ! C'est quoi, ces poils-là ? dit-elle en lissant les étranges et longs poils blancs. Il va les garder ou les perdre ?

Papa hausse les épaules; il ne sait pas. Ludovic, fasciné lui aussi, tend la main vers les poils blancs.

— Touche pas à ma chatte !

Je l'ai tout de suite enlevée et serrée contre mon cœur. Mon petit frère a toute l'attention de sa maman et de son papa – de *mon* papa. Il ne va pas m'enlever mon chaton, en plus !

J'ai dû le serrer trop fort parce qu'il gigote et saute par terre, marchant en dansant, la queue toute droite dans les airs. Peut-être que les chatons sont tellement petits qu'ils dressent leur queue comme un drapeau pour que leur mère ne les perde pas de vue ?

Ce chaton-là, c'est à moi, rien qu'à moi. Papa me l'offre comme cadeau de bienvenue dans sa maison. Alors, personne ne va y toucher, surtout pas Ludovic. Il est assez aimé comme ça, lui !

Ma chatonne et moi, on va s'aimer bien fort, juste nous deux. On va s'aimer tellement que ça ne me fera plus rien que mon père aime plus Ludovic que moi, et que maman soit si loin.

Un cri strident m'a figée ! Le feulement de colère d'un chat adulte, ça fait vraiment peur. C'est que, voyez-vous, l'autre chatte n'était pas contente du tout !

Chapitre 2

La rivale

Yeux bleus et fourrure noire. Yeux or et fourrure noire. Nous voilà avec deux chattes noires. C'est ce que j'ai écrit à maman dans mon courriel, hier.

La chatte de Sophie a quatre ans. Il paraît que Sophie l'a recueillie il y a quelques années, avant la naissance de Ludovic. C'était une chatte perdue. S'était-elle perdue en explorant ? Avait-elle été chassée, mal-traitée ? D'autres animaux l'avaient-ils attaquée ?

— On ne saura jamais ce qu'elle a vécu avant d'arriver chez nous, m'a expliqué Sophie. C'est peut-être pour ça qu'elle est restée sauvage. Il faut être patient avec elle !

La patience, ça n'a pas l'air d'être la qualité de mon père. Alors il ne s'occupe pas de cette chatte qui refuse les caresses et encore plus de se faire prendre. Sophie, elle, ça ne la dérange pas. Ce qu'elle aime, c'est de voir un chat dans la maison et qu'il soit beau, propre et bien élevé. Pour le reste, c'est-à-dire les caresses, elle n'a pas le temps.

Je le sais, elle ne m'en fait jamais. Quand on vivait ensemble, maman et moi, maman me donnait toujours un petit bec par-ci, un petit bec par-là ou me serrait à m'étouffer. Ça me manque tellement, les câlins de maman ! Ma chatonne, je vais lui faire tant de câlins qu'elle ne pourra plus jamais s'en passer.

Bon, quel nom je vais lui donner ? Noiraude ? Peuh ! Ce n'est pas assez chic pour elle. Fumée ? Non, sa fourrure n'est pas grise, elle est noire, vraiment noire.

Toute la journée et même le lendemain, à l'école, je continue à chercher. Pendant les cours, à la récréation, dans le bus scolaire. J'étais si absorbée par ma recherche que j'ai oublié de descendre quand le bus scolaire s'est arrêté devant chez moi. C'est William, un grand de cinquième année, qui me l'a gentiment rappelé :

— Hé ! Les dents croches ! As-tu déménagé ?

Les dents croches ! Je ne savais plus si j'allais me figer de gêne, fondre en larmes ou bouillir de rage. Dans ma confusion, je n'ai rien trouvé à dire ni à faire, ce qui l'a fait encore plus rigoler. Je le déteste ! Si j'étais aussi grande que lui, je... je... je ne ferais rien du tout parce que je ne saurais pas quoi faire. Chez maman ou chez papa, je fais ce qu'on me dit de faire. Mais on ne m'a jamais dit comment ou quoi faire pour me débarrasser d'un niaiseux qui m'achale. Alors, je n'ai rien dit et lui, il a rigolé.

J'ai oublié tout ça en rentrant à la maison parce que mon petit minou a couru vers moi en miaulant de joie. Les belles caresses qu'on a échangées !

Au souper, papa m'a déniché un livre dans sa bibliothèque.

— Tiens, Agathe, tu trouveras peut-être un beau nom là-dedans pour ta petite chatte.

Un livre sur l'Égypte ancienne. Mon père et Sophie ont fait leur voyage de noces en Égypte. C'est pour ça que la chatte de Sophie s'appelle Cléopâtre. C'est bien joli, Cléopâtre, mais c'est long, alors on l'appelle Cléo. C'est plus court mais bien moins joli. Moi, je veux un nom court, qu'on ne pourra jamais charcuter.

La chatonne a escaladé mon jeans avec ses petites griffes pointues. On dirait qu'elle veut quasiment rentrer dans les pages du luxueux album illustré que je tiens. Peut-être qu'elle veut choisir son nom elle-même.

— Pas de chat à table ! ordonne papa de son ton qui me glace souvent.

Je voudrais bien mais j'ai beau la déposer par terre, elle remonte aussitôt.

— Il va falloir la dresser, insiste Sophie.

— Ah oui ? Tu sais comment faire, toi ?

C'est sorti tout seul ! Ça fait deux jours qu'elle me dit de dresser mon minou. C'est tannant ! Sophie n'a rien répondu parce qu'elle ne le sait pas, elle non plus.

— Ce petit chat-là n'est pas arrivé tout élevé comme ta Cléopâtre, a rappelé mon père d'un ton blagueur.

Sophie s'est levée pour desservir. J'ai bien vu qu'elle lui avait lancé un coup d'œil sombre. Moi, j'étais contente. Mon père avait pris ma défense contre elle.

— C'est vrai, a-t-elle simplement admis en apportant le dessert. On pourrait acheter un livre pour l'apprendre ensemble, m'a-t-elle proposé.

Quand je suis allée me coucher, je me suis assise dans mon lit avec le livre sur l'Égypte. Mon chaton profondément endormi contre moi, j'ai feuilleté le grand livre. Il y avait plein de photos de pyramides et de temples bâtis il y a très, très, très longtemps. Entre deux bâillements, je lisais les légendes au bas des photos ou des illustrations. Du moins, quand je pouvais, parce qu'il y avait plein de mots étranges, très longs, avec des lettres qu'on n'utilise presque jamais en français. C'était trop difficile à prononcer.

Tout à coup, j'ai vu un mot très court et très joli. Est-il féminin ou masculin? J'ai lu la définition : *déesse de l'amour et de la compassion.*

Une déesse ? Alors c'est féminin. De plus, la description convient très bien : déesse de l'amour... C'est exactement ça ! Ma petite chatte raffole des câlins et elle aime tout le monde, même mon petit frère Ludovic n'en a pas peur, lui qui ne touche jamais à Cléopâtre.

Alors j'ai chuchoté à la petite oreille du chaton endormi :

— Le sais-tu ? Tu t'appelles *Isis*... Sophie peut bien la garder, sa Cléopâtre sauvage. On n'a pas besoin d'elles, hein, Isis ?

Chapitre 3

L'appel de la race

Cléopâtre boude. Elle ne remonte du sous-sol que pour manger et boire, quand personne ne la voit. Tant pis pour elle si elle veut jouer au fantôme.

En attendant que la chatte de Sophie accepte Isis, ma chatonne peut dormir avec moi. Sur mon lit, pas dedans. J'aurais bien trop peur de l'écraser en dormant : elle est si petite. Et puis, Sophie me l'a bien expliqué : ce ne serait pas propre.

Au bout d'une semaine, Cléopâtre consent à émerger des profondeurs du sous-sol. Surprise ! Pendant la longue absence de l'aînée, la nouvelle venue a exploré cent fois la maison, flairé chaque coin et recoin, frotté ses joues sur les pattes des meubles, le cadre des portes, même les jambes de chaque membre de la famille. Ainsi, elle a mis son odeur partout, en toute tranquillité, pendant que madame Cléopâtre boudait toute seule en bas.

C'est maintenant au tour de l'aînée de renifler chaque coin et recoin. Ensuite, elle frotte elle aussi ses joues pour laisser son odeur, espérant ainsi couvrir celle de l'intruse. Parce que, non seulement la chatonne est encore là, mais elle semble déjà bien installée !

Le truc de l'odeur, transmise par une glande dans les joues du chat, on ne le connaissait pas. Cette information, Sophie et moi, on l'a découverte ensemble dans le nouveau livre sur les chats que Sophie a acheté, comme elle l'avait promis. J'aime bien les gens qui tiennent leurs promesses.

Mais Cléo n'a pas fait de promesse, elle. Et, malgré mes protestations, papa et Sophie ont décidé que la période d'apprivoisement était terminée. À compter de ce soir, la *reine* Cléopâtre et la *déesse* Isis devront cohabiter au sous-sol, toutes les nuits, et chaque fois qu'il n'y aura personne à la maison.

Que j'ai mal dormi ! Qui sait quels tourments Cléo infligeait peut-être à ma chatonne ! Réveillée la première, même avant Ludovic, je suis descendue au sous-sol en vitesse. Pas d'Isis. J'allais crier pour réveiller papa quand j'ai aperçu une petite boule de fourrure noire qui se réveillait et bâillait... dans les boudins de la vadrouille jaune fluo. J'ai éclaté de rire. Si Cléopâtre avait voulu croquer mon minou, elle aurait avalé plus de boudins poussiéreux que de chaton.

J'étais un peu rassurée, mais j'ai quand même trouvé ma journée à l'école interminable. J'imaginais les pires scénarios. Nathalie, l'enseignante, m'a dit de me méfier de mon imagination. Peuh ! Facile à dire mais difficile à faire. Dans l'autobus, j'en ai parlé à Ingrid.

— Pourquoi tu t'énerves ? m'a-t-elle demandé, étonnée, en me regardant de ses yeux aussi bruns que ses cheveux courts en broussaille.

J'aime bien Ingrid. On est devenues amies dès le premier jour d'école. Elle aussi venait d'emménager dans le quartier.

— L'autre chatte va peut-être jouer à la maman avec ton chaton, a-t-elle ajouté.

Elle semblait si confiante que ça m'a calmée. Pourquoi pas, après tout ?

N'empêche que, une fois devant la maison, je suis descendue du bus si vite que j'ai trébuché. Ouch ! Me voilà affalée sur le trottoir, le genou éraflé.

— Ouais ! a crié William par l'une des fenêtres du bus, tu rampes comme un ver de terre, maintenant ? Un ver de terre aux dents croches ! a-t-il lancé en se tordant de rire.

J'ai honte ! J'enrage ! J'ai mal au genou ! Mais ce n'est rien à côté de ce qu'Isis a peut-être subi aujourd'hui. Sophie m'ouvre la porte mais n'a pas le temps de me voir passer : je dévale déjà l'escalier du sous-sol pour trouver Isis. Ou des traces de bataille, peut-être même de sang ? Rien.

Remontée en vitesse, je m'immobilise devant le fauteuil de velours. Cléopâtre est étendue de tout son long, profondément endormie. D'habitude, elle occupe la largeur du fauteuil. Mais cette fois, ma petite Isis a réussi à se faufiler à ses pieds et s'est étirée en s'accommodant du peu d'espace qui lui est concédé pour la première fois. À elles deux, elles forment un T majuscule.

Dérangée dans sa profonde sieste de chaton, Isis cligne des yeux et me regarde sans trop me voir. Puis, elle se trémousse pour reprendre une position confortable, se recouche et se replonge dans un profond sommeil. Et quand elle dort comme ça, rien ne peut la réveiller. Je le sais, elle tombe endormie n'importe où quand elle a beaucoup joué.

Le cœur m'a fait mal. Isis, ma belle Isis, préfère Cléopâtre !

— C'est l'appel de la race, commente simplement Sophie en préparant la collation de Ludovic et la mienne. Les animaux ont besoin de se retrouver entre eux.

Devant mon air dépité, elle essaie de me raisonner :

— Tu n'es pas contente que Cléo la tolère près d'elle ?

Qu'est-ce que je peux répondre à ça ? Ça fait des jours que je veux que *Sa Majesté la reine* Cléopâtre accepte ma chatonne. Maintenant que c'est fait, c'est sûr que je suis contente. Mais je ne veux pas qu'Isis m'ignore pour autant. Frustrée, je vais porter mon sac d'école dans ma chambre et le lance sur mon lit avec mauvaise humeur :

— Près d'elle ? Peuh ! À ses pieds, tu veux dire !

Je suis tellement contrariée que je n'ai même pas le goût d'envoyer un courriel à maman comme d'habitude. C'est tannant à la longue, de tout écrire. Écrire, c'est tellement plus d'ouvrage que de parler !

En revenant à la cuisine, je choisis, sur le plateau de fruits, la pomme la plus dure pour me défouler en y mordant à pleines dents.

— L'appel de la race ! L'appel de la race ! Je ne ressens pas ça, moi !

Sophie éclate de rire, ce qui m'enrage encore plus !

— Agathe, si tu as le choix de passer l'après-midi avec ta nouvelle amie Ingrid ou bien avec nous, avec qui iras-tu ?

Quelle question ! Avec Ingrid, bien sûr ! C'est normal.

— Tu choisirais Ingrid, pas vrai ? demande Sophie en sortant du four une plaque de biscuits tout chauds. C'est ça, l'appel de la race : le désir d'être avec ceux qui nous ressemblent.

Je proteste.

— Ce n'est pas du tout pareil ! Cléo est une adulte et Isis, seulement un chaton.

— Mais elles sont deux chattes, précise Sophie. Comme il n'y a pas d'autres chats dans la maison, ton chaton doit s'en contenter. Tandis que toi, tu peux choisir une amie, ton petit frère, ton père...

Je pense tout de suite à William. Lui, je ne le choisirais pas. Ça, c'est sûr.

Chapitre 4

Le petit chien de poche

Les deux chattes mangent maintenant côte à côte. Isis est tellement petite à côté de Cléopâtre ! Des fois j'ai peur que la grande soit distraite et croque la petite comme si elle n'était qu'une souris obèse.

Mais je m'imagine des drames pour rien. Les chats sont bien trop malins pour confondre un chaton avec une souris. Même un chaton est dix fois plus gros qu'une souris ! De toute façon, Cléo en a pris son parti. L'intruse est adoptée pour de bon; autant s'y faire. Elle se contente donc de manifester une sorte de bon voisinage.

— Les chats sont indépendants de nature, explique Sophie. Si un troisième chat arrivait dans la maison, Isis le bouderait, elle aussi.

— Les humains font ça ?

Sophie arrête de préparer le brocoli et me regarde, songeuse.

— Toi, Agathe, comment as-tu réagi quand Ludovic est né ?

Euh... Ça fait longtemps de ça. Je ne me rappelle pas.

— Tu avais déjà cinq ans. Pourtant tu croyais que c'était une poupée.

— J'étais contente, alors ?

— Oui, mais tu t'es lassée vite parce qu'il pleurait plus souvent qu'une poupée. Et puis, tu le voyais rarement.

— Mais je l'aime bien quand même.

— Bien sûr, ma chouette. Mais vous avez chacun votre monde, toi à l'école, lui, à la garderie ou ici.

— Mais je ne lui ferais jamais mal, moi ! Ce n'est pas comme Cléo qui...

— Tu n'es pas un animal qui a besoin de défendre son territoire : tu es un être humain. De toute façon, précise-t-elle en me dévisageant d'un regard contrarié, Cléo n'a rien fait à Isis, il me semble, même si ce n'est qu'un animal.

Au fond, peut-être que ce n'est pas nécessaire qu'elles deviennent inséparables. Si elles l'étaient, Isis ne s'occuperait peut-être plus autant de moi?

S'occuper de moi, ça, elle le fait ! Quand je monte l'escalier, elle arrive en haut avant moi. Quand elle est déjà à l'étage, elle m'attend; quand j'arrive à sa hauteur, elle m'attrape les cheveux en passant sa patte entre les barreaux de la rampe. Quand je descends, elle me dépasse et m'attend en bas.

On joue tellement ensemble que je me demande comment je faisais sans elle. Elle est devenue ma meilleure amie, ma confidente, mon petit amour. Et je suis certaine que c'est pareil pour elle.

La preuve ? L'autre jour, je suis montée dans l'autobus scolaire et le chauffeur n'est pas reparti tout de suite parce qu'il disputait William. Ça ne m'intéressait pas, alors je regardais notre maison. Et qu'est-ce que j'ai vu ? Isis apparaissait d'une fenêtre à l'autre et semblait miauler.

Ce soir-là, Sophie m'a appris que c'était le comportement habituel d'Isis.

— Dès que tu pars, elle se met à courir d'une fenêtre à l'autre. Elle miaule d'une si drôle de façon qu'on dirait qu'elle pleure.

Ça m'a fait tellement plaisir que j'en ai rougi. C'était comme si ma petite chatte venait de me dire :

— Je t'aime, Agathe.

Moi aussi, je l'aime. Je l'aime même si je dois la surveiller. Quand je prends ma collation, elle escalade le sofa pour me rejoindre et me chiper ma nourriture. Aïe ! Aïe ! Aïe ! Une chance que personne ne l'a vue ! Enfin, personne d'autre que moi ! S'il fallait qu'elle abîme le tissu en grimpant !

Malgré tout, je suis très fière d'elle parce que ses pattes sont si courtes que le sofa, c'est très haut pour elle. Moi, je ne serais jamais capable de grimper à une falaise de plusieurs fois ma hauteur. Heureusement, ma chatonne possède des griffes pointues pour se débrouiller. *Acérées*, a déjà précisé mon père. N'empêche que c'est un super moyen de grimper, non ?

— Agathe ! Pas de miettes sur le sofa, s'il te plaît !

Des fois, j'ai l'impression que Sophie a des yeux tout le tour de la tête. En plus, ils doivent traverser les murs, ces yeux-là, parce que Sophie est dans la cuisine.

Pas de miettes ! Pas de miettes ! Facile à dire. Mais les biscuits de Sophie sont si bons que je vais être gentille et ne rien laisser échapper, pour une fois. Hum, hum... ce n'est pas tout à fait vrai. C'est surtout pour ne pas attirer l'attention sur Isis qui escalade le sofa avec ses griffes !

Ma chatonne gourmande voudrait bien manger elle aussi. Je dois défendre mon biscuit sans arrêt. Isis se faufile sous mon bras levé, revient à la charge et grimpe en vitesse jusqu'à ma main. Heureusement que j'ai un chandail à manches longues; je trouverais ses petites griffes bien tranchantes. Je m'amuse comme une folle à fuir le mini tigre et je crie à tue-tête tellement je ris.

Pour échapper au fauve, je me roule en boule, le reste de mon biscuit tombe sur le sofa et je l'écrase sans le voir. Catastrophe ! Les pépites de chocolat vont tacher le tissu du sofa. Vite un torchon pour nettoyer tout ça ! À mon retour, ma chatonne achève de tout lécher de sa petite langue rugueuse. Sa bouche est si fine, elle mange si délicatement qu'elle ne laisse aucune trace sur le tissu.

Dès qu'elle a fini, elle se pourlèche les babines pour les nettoyer. Je la prends dans le creux de mes mains et la serre contre mon cœur. Je ne me lasse pas de la cajoler. Sa fourrure est si douce, ses yeux bleus me regardent avec tant de confiance que je voudrais la serrer contre moi tout le temps.

On s'aime à la folie ! Isis me suit comme un petit *chien de poche* en trottinant sur ses pattes minuscules, mais elle avance aussi vite que moi avec mes grandes jambes.

Je suis sûre que maman l'aime, elle aussi. Je lui ai envoyé des photos de ma chatte et maman m'a dit ensuite qu'elle trouvait qu'Isis avait une bien jolie frimousse. Maman m'a écrit aussi que ma petite chatte est bien chanceuse de recevoir mes bisous dix fois par jour. Moi, je pense que c'est moi qui suis chanceuse : chanceuse qu'Isis me laisse la flatter dix fois par jour.

Chapitre 5

La première neige

Il neige ! Enfin ! J'amène tout de suite Ludovic vers la porte-fenêtre.

— Regarde, Ludovic ! Regarde ! C'est de la neige !

Moi, je sais qu'il neige l'hiver. Mon petit frère, lui, n'a que trois ans et demi. Il est bien trop petit pour s'en souvenir.

Isis découvre la neige avec de grands yeux écarquillés. Pas besoin de me glisser dans sa caboche pour savoir ce qu'elle en pense. La curieuse n'en peut plus. Le nez sur la porte que je viens d'entrouvrir, elle miaule pour sortir. Cléopâtre rapplique, comme tous les matins après son repas. Mon petit frère aussi voudrait aller dehors.

— Tout à l'heure, mon cœur, promet Sophie. Allez, viens prendre ton petit déjeuner.

Ludovic est gourmand mais, ce matin, la neige l'intéresse bien davantage et il rechigne. J'ouvre la porte à Isis. Impatiente, elle saute par-dessus son aînée, trop lente à son goût, et atterrit dans la neige folle. Déconcertée par cette substance inconnue, elle hésite un instant puis, la voilà qui sautille, plonge dans la neige, disparaît, ressort de la masse blanche poudreuse. Sa fourrure noire blanchit sous les flocons. Elle s'amuse à vouloir les attraper au vol. Perplexe face à leur légèreté, elle les flaire avec soin.

Cléo est finalement sortie mais elle reste près de la porte-fenêtre, hésitant à poser ses précieuses pattes dans cette chose qui n'était pas là, hier. Se souvient-elle qu'il neige, l'hiver ?

En quelques minutes, Isis est presque toute blanche et sa large queue, déployée en panache, est parsemée de neige. Près de la porte, Cléo n'est toujours pas décidée. Finalement, elle se retourne vers nous et son regard suppliant nous convainc.

— Entre, Cléo ! T'es bien peureuse, ce matin !

En entendant la porte s'ouvrir, Isis accourt mais, sur le point d'entrer, elle hésite puis repart en bondissant avant de revenir pour de bon. Toutes ces émotions ont été si intenses qu'à peine entrée, elle tombe endormie sur la carpette.

Papa finit de nouer sa cravate en riant.

— Je voudrais bien m'endormir aussi facilement que ça.

— Sur la carpette ? le taquine Sophie.

J'aime les voir rire. Ce n'est pas la même chose avec maman. Quand papa doit rencontrer maman, ils finissent toujours par se chicaner. Peut-être qu'ils devraient aller jouer dans la neige ensemble.

Ce soir-là, la neige avait déjà fondu. Et puis, un jour, enfin, il y a eu beaucoup de neige, de la neige pour vrai.

Dans le bus pour l'école, j'ai pensé à maman. Dans son nouveau village, la neige est tombée avant même que je retourne à l'école en septembre.

Maman n'aime pas la neige et pourtant, elle enseigne là-bas depuis le mois d'août. J'aurais aimé y aller avec elle, mais papa n'a pas voulu. Il était même très fâché.

— Il n'est pas question que tu l'emmènes là-bas ! Agathe viendra vivre avec moi !

Ça m'a fait chaud en dedans. Je croyais que papa ne voulait pas que j'aille habiter avec lui, Sophie et Ludovic.

— Pourquoi tu refuses ? a insisté maman. Ce serait une expérience extraordinaire pour une enfant de cet âge. Tu te rends compte ? Une année à Kuujjuaq !

C'était la première fois que j'entendais ce mot bizarre. Mais, c'est drôle, depuis que maman y est, ils en parlent tous les jours à la télé, à la météo. Ça me donne l'impression que maman est plus proche.

L'autre jour, papa m'a montré le nom sur une carte géographique du Québec. Il n'aurait pas dû. Ça me semble tellement loin que j'ai peur que maman ne revienne jamais. C'est vraiment loin, très, très loin. Je le sais parce que, pour aller chez ma cousine Annabelle, on roule en auto pendant trois heures. Pourtant, sur la carte routière, nos deux villes semblent proches. Alors, quand je compare avec le village de maman, ça semble au bout du monde et ça me fait mal.

C'est tellement loin que papa dit que l'Internet et le téléphone doivent voyager par satellite. Quand j'ai vraiment besoin d'entendre la voix de maman, je peux l'appeler, c'est sûr. Mais on dirait que les mots gèlent parce que ça prend du temps avant que maman m'entende ou que ses mots à elle m'arrivent à l'oreille. Il y a plein de silences ou bien on se parle en même temps. C'est difficile de se comprendre. Quand je raccroche, le froid est rendu dans mon cœur.

Alors je vais chercher Isis et je la serre bien fort dans mes bras.

Chapitre 6

L'ennui

— Bye, Isis ! Sois sage !

— Agathe ! répète Sophie. Tu vas rater le bus!

Ces deux phrases-là, c'est le rituel du matin. Je câline Isis jusqu'à la dernière seconde.

— Agathe !

Un dernier bisou à mon chaton et je pars en coup de vent. Du bus, je la vois à la fenêtre, l'air piteux. Je soupire en confiant à Ingrid :

— Ça me fait de la peine de la voir comme ça.

Ingrid éclate de rire.

— Penses-tu vraiment qu'elle va rester toute la journée à la fenêtre ?

Pourquoi pas ? Non, je l'avoue, Isis est bien trop active pour rester là, sans bouger, toute la journée. Non, ce n'est pas vraiment possible. Pourtant, au fond de moi, ça me fait plaisir de penser qu'Isis s'ennuie de moi.

— Tu l'aimes tant que ça ?

— OUI !

Je l'ai presque crié tant je le ressens fort. Ingrid a haussé les épaules en me disant :

— Tu l'aimes mais, en même temps, tu voudrais qu'elle soit malheureuse toute la journée sans toi ?

Oh ! Oh ! Je n'avais pas vu les choses comme ça. C'est sûr que je ne veux pas que ma belle Isis soit malheureuse ! Oh non ! Mais... d'un autre côté, si elle s'ennuie de moi, c'est une preuve d'amour, non ?

J'ai tourné ça dans ma tête toute la journée. Si Isis ne s'ennuie jamais de moi, ça veut dire qu'elle ne m'aime pas ! Si elle s'ennuie de moi, alors, elle est malheureuse. Mais je ne veux pas qu'elle soit malheureuse !

Ça m'a fait penser à maman. Quand je m'ennuie d'elle, ça me rend triste. Est-ce que maman s'ennuie de moi ? Elle me le dit, elle me l'écrit, mais elle ne me téléphone pas aussi souvent que je le voudrais.

C'était si confus dans ma tête que cela devait se lire sur mon visage. Nathalie, mon enseignante, m'a gardée dans la classe à la récréation de l'après-midi.

— Quelque chose te tracasse, Agathe ? Tu as été distraite toute la journée. Tu as mal quelque part ?

Je lui ai parlé de mon problème et, je l'ai bien vu, elle a froncé les sourcils. À son tour, elle est devenue distraite. Pas surprenant que je sois si mêlée si, même elle, une adulte, ne sait pas quoi répondre. Finalement, elle m'a dit :

— On peut voir cette situation selon deux points de vue. D'un côté, si tu penses à toi, alors tu es flattée; ça te fait plaisir que ton chaton s'ennuie de toi. C'est ça ?

Je l'avais trouvé toute seule; ce n'était pas la peine de me retenir pendant la récré pour ça.

— D'un autre côté, a-t-elle poursuivi, si tu penses à Isis, alors tu veux qu'elle soit heureuse tout le temps. Tu veux que ton chaton joue et soit content toute la journée, même sans toi.

Là, j'ai paniqué. Je venais de comprendre que les deux façons étaient *incompatibles*, comme aurait dit mon père. Ou bien je pensais à moi ou bien je pensais au bonheur d'Isis. J'en ai eu les yeux pleins d'eau.

— Pourquoi ça ne peut pas aller ensemble ?

Nathalie a vu ma peine et elle m'a demandé :

— Quoi donc ? Que toi et Isis, vous soyez heureuses en même temps, toutes les deux ensemble ? Je suis certaine qu'il y a beaucoup de moments comme ça. Peux-tu m'en nommer ?

Oh oui ! J'en ai le cœur plein. La voir courir vers moi, la flatter, la nourrir, la brosser, l'entendre ronronner sur mes genoux, la faire courir et sauter pour attraper un jouet au bout d'une ficelle, lui gratter le bedon, dormir ensemble parfois, faire mes devoirs tandis qu'elle est couchée sur mon sac à dos, tout près de moi...

Nathalie souriait et moi, je me sentais enfin légère. Puis, la peine est revenue. Oui, Isis et moi, on vit tellement de bons moments ensemble.

Mais ça ne règle pas les moments où on est séparées.

L'enseignante a réfléchi. Ça me rassure quand elle prend le temps de réfléchir. Celle de l'année passée parlait beaucoup, mais elle n'écoutait pas vraiment.

— Toi, Agathe, penses-tu à Isis à chaque minute quand tu es à l'école ?

— Bien sûr ! Je l'aime, donc je pense à elle tout le temps.

— Mais tu te concentres quand même sur ce que tu fais dans la classe : des travaux en français, en sciences, en mathématiques. Tu t'amuses à la récréation, tu...

La récréation ! J'étais en train de manquer la récréation ! Ça m'a complètement déconcentrée. Nathalie l'a bien vu.

— Comme tu vois, ton chat peut rester dans ton *cœur* toute la journée, sans t'empêcher d'être bien à l'école. Et c'est pareil pour Isis. Elle peut avoir hâte que tu reviennes et passer une belle journée quand même. Allez, va vite jouer, Agathe.

J'étais à peine rendue dehors que, zut, la cloche a sonné !

Chapitre 7

La chasse

Cette fois, je doute de l'intelligence d'Isis.

Ma petite chatte noire est naïvement assise dans la neige blanche, immobile, la tête patiemment levée vers le ciel. Ce n'est pas un hasard : au bout d'un poteau se trouve la mangeoire pour les oiseaux.

Au-dessus d'elle, des mésanges à tête noire *zinzinulent*, comme dit papa, agrippent une graine de tournesol dans leur bec, vont la décortiquer sur une branche, la gobent, reviennent en chercher une autre. Un geai bleu, un géant par rapport à elles, atterrit en les chassant des lieux. Les autres oiseaux, je ne connais pas leurs noms et je les nomme tous des moineaux.

Isis n'effraie aucun oiseau, bien sûr; ils ont la vue si perçante ! Ignore-t-elle qu'elle est très visible : tache noire sur la neige blanche ?

Ma déception doit se lire sur mon visage parce que mon père essaie de m'encourager.

— Laisse-lui le temps, Agathe. Un chat a un instinct de chasseur très fort. Ton Isis est jeune et elle doit apprendre le camouflage et les techniques de chasse. On doit tous apprendre comment se débrouiller. Toi aussi, tu le fais.

— Mais elle n'a pas de maman pour lui apprendre comment chasser ! Comment veux-tu qu'elle le sache ? Moi, si maman ne m'avait pas appris à manger, à me laver, à m'habiller, je ne saurais pas comment faire !

— Hé ! s'exclame Sophie, réjouie. Tu réfléchis presque comme une adulte ! J'espère que Ludovic en fera autant à ton âge.

Elle a ce grand sourire qui me donne parfois envie de l'aimer comme… eh bien… pas comme une maman, bien sûr. Une maman, on n'en a rien qu'une. Alors comment ?

Ma maman à moi, j'avais tellement hâte au congé des Fêtes pour passer deux semaines avec elle. Savez-vous combien de temps je l'ai vue, finalement ? Le temps d'un dîner au restaurant. Juste ça !

— Sais-tu ce qui m'arrive, Agathe ?

Maman avait les yeux tellement brillants que j'étais certaine que c'était une bonne nouvelle. Du moins, pour elle.

— Je me suis fait un copain, à Kuujjuaq ; il s'appelle Marcel, il enseigne, lui aussi.

J'étais contente de savoir maman heureuse. Je sais qu'elle avait hâte de se trouver un ami, comme papa l'avait fait avec Sophie. Elle m'a montré sa photo, puis une autre où ils étaient tous les deux. Ils avaient de vrais beaux sourires.

— Tu sais, Agathe, dans le nord, à Kuujjuaq, ce n'est pas comme ici; il fait très froid et sombre tellement tôt en hiver ! Ces temps-ci, il fait noir presque jour et nuit. Alors, on a besoin de faire des provisions de chaleur et de soleil avant de remonter là-bas après les vacances de Noël.

Là, j'ai senti que ça devenait moins bon pour moi.

— Agathe, je t'aurais bien emmenée au Mexique avec nous mais, vois-tu, on veut savoir si on est vraiment amoureux. Alors... c'est mieux qu'on soit juste tous les deux, tu comprends ?

Mais oui, je suis certaine que tu comprends. Tu ne m'en veux pas trop ? Et puis, tu as toujours passé les Fêtes avec moi ; ton père va être content que tu sois avec lui, pour une fois.

Le reste, je l'ai entendu sans trop écouter.

— J'avais tellement hâte de te voir, Agathe, mais être amoureuse, être vraiment en amour, ça ne m'était pas arrivé depuis si longtemps ! Tu le sais bien. Oh, Agathe, je suis tellement heureuse !

C'était évident. Ses yeux brillaient tout le temps. Maman était encore plus belle que dans mes souvenirs ou sur les photos. Elle avait l'air si heureuse, comme Sophie avec papa, que je ne pouvais que me réjouir. Du moins, me réjouir pour elle parce que, pour mes vacances avec maman, c'était plutôt une mauvaise nouvelle.

— Je sais que tu es déçue que je parte dès ce soir pour le Mexique. Peut-être que tu te dis que j'aurais pu te prévenir. Mais je ne voulais pas te l'annoncer par courriel ou au téléphone. Je préférais qu'on soit ensemble, toutes les deux, pour mieux t'expliquer. Mais on se verra quand même un peu à mon retour de vacances, avant que je ne reparte pour Kuujjuaq. Tes cadeaux de Noël, je vais te les acheter au Mexique ; ça te plairait ? Peux-tu attendre deux semaines ?

Pour faire plaisir à maman, je lui ai dit oui, que ce n'était pas grave. Mais j'avais le cœur gros de chagrin. C'est pas juste, parce que, si on comprend, on ne devrait pas avoir de peine, il me semble.

Au moins, maman avait raison pour papa. Au réveillon de Noël, il nous a serrés tous les deux dans ses bras, très fort, Ludovic et moi.

— C'est mon plus beau Noël depuis des années, a-t-il dit d'une drôle de voix. Enfin, mes deux petits amours sont avec moi, tous les deux ensemble !

Je l'ai bien regardé : ça n'avait pas l'air d'un mensonge. J'étais si contente que j'ai même accepté que Sophie aussi me prenne dans ses bras et me donne deux gros becs. Elle n'a rien dit. Je pense qu'elle ne sait pas trop comment me nommer à part... Agathe. C'est pareil pour moi. Alors, je dis seulement... Sophie.

N'empêche que ce matin, je m'inquiète pour Isis qui n'a plus sa maman pour lui apprendre à chasser. Même si papa semble confiant.

— Pour un animal, m'explique papa, chasser fait partie de la survie. Il peut l'apprendre tout seul.

Chasser pour jouer, ça, je le sais : Cléo le fait avec des souris qu'elle ne mange même pas.

— Isis pourrait chasser assez pour se nourrir toute seule ?

Cette fois, papa hésite.

— Je ne sais pas. Peut-être que oui, peut-être que non. Pour ça, il faudrait sans doute que sa mère ait eu le temps de tout lui montrer.

J'ai tout de suite repensé à maman. L'inquiétude, je la ressentais maintenant pour moi.

— Il y a des choses que maman devrait me montrer et que je ne peux pas apprendre toute seule ?

Ma voix avait tremblé. Sophie a passé gentiment sa main dans mes cheveux.

— Une personne qui t'aime beaucoup, ça peut sans doute faire pareil...

Alors je me suis sentie bien et j'ai souri à Sophie. Un vrai sourire. Je me sentais en sécurité.

Papa a éclaté de rire.

— Agathe, viens voir ta chatte.

Isis, les pattes étendues de chaque côté d'elle, s'était aplatie comme une crêpe pour se camoufler. Si elle se voyait ! Elle forme une tache noire quatre fois plus grande dans la neige toute blanche. C'est si cocasse que j'ai demandé à papa de la photographier avec sa caméra numérique.

Au lieu de le faire, il m'a montré comment prendre la photo moi-même.

— Prends-en plusieurs et tu choisiras la meilleure.

Ça m'a fait tellement plaisir qu'il me fasse confiance que j'en ai presque oublié Isis.

Maintenant qu'elle connaît la neige, Isis insiste pour aller dehors plusieurs fois par jour, même s'il fait froid. Ça ne dure que quelques minutes, mais elle y tient. Des fois, Sophie s'impatiente.

— Avec deux chats dans la maison, on passe la journée à ouvrir la porte. Sort, entre, sort, entre !

Au moins, Isis sort pour vrai ! Ce n'est pas comme l'autre qui ne risque d'abord que le bout de son nez et ne se décide pas toujours à sortir.

— Grouille, Cléo !

Souvent, Isis saute par-dessus tellement elle est pressée.

— Isis est plus rapide, dis-je avec fierté.

— Oui, mais moins prudente, précise Sophie. Cléo prend la peine de bien sentir les abords de la porte pour s'assurer qu'il n'y a pas de danger.

— Hein ? C'est pour sentir que Cléo prend tout ce temps ?

— Oui. Et plus elle détecte d'odeurs étrangères, plus elle prendra le temps de flairer.

— Il n'y a pas de monstres ici !

— Non, mais des rôdeurs sur la terrasse : des chiens, des moufettes, des ratons laveurs, peut-être. La nuit, de nombreuses bêtes se promènent. Tu te souviens de la moufette qui rôdait autour du centre commercial ?

— Isis est en danger chez nous ? Sur notre terrain ?

Ça y est. Me voilà inquiète.

— Je ne laisserai jamais Isis sortir la nuit.

— Tu as raison. D'autant plus que, devant la maison, c'est la rue, et la rue, c'est dangereux pour les chats comme pour les enfants.

Maintenant, je ne vois plus la hardiesse coquine d'Isis comme une qualité, mais comme un danger potentiel. Tiens, ça me fait penser à Ludovic. Lui non plus ne connaît pas les dangers de la rue. Il faut toujours le surveiller. Le soir, au souper, j'en ai parlé à papa.

Il m'a ébouriffé les cheveux en riant :

— Ne te rends pas malade avec ça ! Ta chatte est un animal intelligent; elle tient à sa vie. Et puis, elle va apprendre des tas de trucs avec Cléo. Ce sera sa mère, en quelque sorte.

— Comme Sophie pour moi ?

Après un silence, papa a répondu avec un grand sourire :

— Oui, comme Sophie pour toi.

Peut-être que Cléo enseigne vraiment la chasse à Isis. Sur la terrasse, ma chatonne se cache maintenant derrière le bac qui contient une grosse plante au feuillage gris, un peu épais, qui est joli tout l'hiver, même gelé. Sophie m'a dit le nom bien des fois, mais je n'arrive pas à le retenir : c'est trop compliqué.

— Un *helichrysum*, m'a répété papa.

Comment se rappeler un mot pareil ? Mais ça ne fait rien. Ce feuillage ressemble à un énorme bouquet chargé de neige. Ma petite Isis a fini par comprendre que le pot lui-même formait une bonne cachette. Elle s'assoit à côté de longs moments, mais elle n'a pas encore compris qu'elle devrait plutôt se dissimuler derrière. Elle se croit invisible, assise contre le gros pot, quand, en fait, sa fourrure noire contraste autant avec le pot orange qu'avec la neige blanche. Comme les oiseaux sont perchés sur la mangeoire, ils voient très bien la petite chatte.

Mais Isis a saisi que si elle rampait sous le feuillage touffu de l'he-li-chrysum (ouf, enfin je l'ai bien prononcé), elle pouvait se rapprocher du poteau de la mangeoire sans se faire repérer.

Bien sûr, elle n'attrape rien. Sa position d'embuscade freine son élan. Qu'importe! Au moins, elle a appris à se cacher et à se rapprocher de ses proies. Isis, ma belle Isis, je suis vraiment fière de toi !

Chapitre 8

L'opération

J'en ai les larmes aux yeux. Isis, serrée contre mon cœur, me regarde avec confiance et de toute l'intensité de ses prunelles bleu clair.

— Papa ! Je l'aime tellement ! Je ne veux pas qu'elle ait mal !

Papa s'impatiente parce qu'on en a parlé plusieurs fois. C'est vrai qu'il y a beaucoup, beaucoup de chats et de chatons. C'est vrai qu'on ne pourrait pas garder les petits d'Isis si elle en avait : on a déjà deux chattes.

Papa m'a expliqué tout cela au moins trois fois. Avoir un chat, cela coûte des sous ; des dollars, en fait. Parce qu'on a deux chats, cela coûte le double de dollars. Il y a les vaccins annuels, la nourriture, les litières, les cages de transport, sans compter les vermifuges... Oui, papa m'a expliqué tout ça trois fois. Comme je m'obstinais, Sophie s'en est mêlée.

— Agathe, il y a plein d'enfants qui meurent de faim dans le monde. Ce ne serait pas correct de consacrer encore plus d'argent à des animaux domestiques.

Du coup, j'ai eu peur qu'on m'enlève Isis. Sophie m'a rassurée. Elle s'est lancée dans une grande phrase : *le contact familier avec un animal de compagnie est excellent pour le développement affectif, la res-pon-sa-bi-li-sation*, etc. Ce qu'elle voulait dire, c'était : *j'aime Cléopâtre et je la garde*; *tu aimes Isis et tu la gardes*. *Mais on n'aura pas trois ni quatre ni dix chats*. Ce que ça veut dire, finalement, c'est qu'Isis doit être opérée pour qu'elle n'ait pas de chatons. Mon cerveau avait fini par comprendre ça.

Mais mon cœur, lui, n'acceptait pas encore tout à fait. Alors papa a sorti du papier et un crayon. Je me suis méfiée : cela annonçait de longues explications. C'est ce qui est arrivé. Alors je résume ce que papa a voulu démontrer parce que cela a été très long et surtout très ennuyeux.

Si Isis vit 12 ans, comme la moyenne des chats, et qu'elle a 2 portées par année (ça veut dire des bébés), cela donne : 12 ans x 2 portées = 24 portées de chatons dans toute sa vie. Si Isis mettait au monde 4 chatons en moyenne par portée, elle deviendrait la maman de : 4 chatons x 24 portées = 96 chatons.

J'ai ouvert de grands yeux. Je sais bien que 96, c'est presque 100 ! Et 100 chatons, c'est beaucoup,

beaucoup de chatons ! Cette fois, j'avais compris.

Mais papa a continué ses calculs. En supposant qu'Isis aurait été la maman de 96 chatons dans sa vie, on peut penser qu'elle aurait eu la moitié de femelles; cela aurait donc donné 48 chatonnes. Si chacune des 48 chattes avait à son tour 24 portées durant sa vie, cela totaliserait... Quand mon père a dit le nombre 1 152 chats... j'ai arrêté d'écouter. Ça n'avait plus de bon sens.

— Et, a insisté mon père, avec une moyenne de 4 chatons par portée, cela ferait...

Là, je me suis bouché les oreilles. Quand j'ai eu mal aux bras à force de garder mes mains sur les oreilles, il a bien fallu que je les découvre à nouveau. Papa me regardait. Il attendait.

— ... 4 608 chatons de plus sur la planète ! À loger. À nourrir. À soigner!

Du coup, j'ai imaginé 4 608 chatons dans la maison ! C'était tellement drôle ! Il y en avait partout ! Dans le salon, sur les fauteuils, les meubles, dans les marches d'escalier, d'autres agrippés à la rampe, d'autres plein la baignoire, dans ma chambre, sur mon lit, sous mon lit, sur ma commode, dans mes tiroirs ouverts, dans la garde-robe, dans mon sac à dos, dans les poches de mes vêtements et, en imagination, j'ai entendu hurler Ludovic qui étouffait sous une montagne de chats dans son petit lit.

C'était si horrible que j'ai crié :

— O.K. ! On la fait opérer !

Et je me suis sauvée dans ma chambre pour vérifier que tout était en ordre, qu'elle n'était pas une caverne remplie de centaines et de milliers de chats. Ouf ! C'était comme d'habitude. Rien qu'une chambre !

Cette nuit, j'ai fait un cauchemar : Isis ne revenait jamais de son séjour chez le vétérinaire. Je me suis réveillée en criant. Sophie est venue tout de suite. Je pleurais tellement qu'elle ne comprenait rien à ce que je disais.

Alors elle s'est assise dans mon lit, m'a prise dans ses bras et a ramené les couvertures sur moi pour me réchauffer. Quand j'ai arrêté de pleurer, elle m'a écoutée, puis elle m'a dit qu'elle avait eu plusieurs chats et chattes, qu'ils avaient tous été opérés et que pas un seul n'avait eu de problèmes. Je me suis obstinée.

— Des accidents, ça arrive !

Sophie a été patiente et, finalement, on s'est endormies toutes les deux dans mon lit.

Après le déjeuner, papa et moi, on est allés porter Isis à la clinique vétérinaire. La journée et le lendemain ont passé si lentement que j'ai eu l'impression d'une longue semaine. Enfin, le vendredi après-midi est arrivé et dès que j'ai mis les pieds dans la maison, Sophie, Ludovic et moi, on est partis chercher Isis.

— Tu es bien silencieuse, a fait remarquer Sophie en route.

Silencieuse, moi ? Dans ma tête, ça n'arrête pas de se bousculer depuis deux jours.

— Tu es sûre qu'Isis va bien ?

Sophie est plus patiente que papa.

— S'il y avait eu un problème, on nous aurait téléphoné. Qu'en penses-tu?

Du coup, j'ai été rassurée. Après ça, le trajet m'a paru très court.

Chez le vétérinaire, mon impatience était trop grande pour attendre mon tour. Je me suis glissée devant les clients; ma tête dépassait à peine le comptoir.

— On vient chercher Isis, ma chatte Isis.

À la façon dont la réceptionniste m'a regardée, j'ai eu mal tout de suite. Je me suis tournée vers Sophie qui entrait avec la cage vide.

— On ne vous a pas téléphoné ? a demandé la voix derrière le comptoir.

Le reste, je ne m'en souviens plus. Je voulais voir Isis et rien n'aurait pu m'en empêcher. J'ai contourné le comptoir et je suis allée tout de suite à l'arrière, là où mon père et moi, on l'avait laissée deux jours plus tôt.

Deux murs étaient couverts de grandes cages pour les animaux malades. Elles étaient presque toutes vides. J'ai d'abord vu un petit chien endormi. Ensuite un gros chat qui miaulait. Puis, en cherchant, j'ai vu Isis, étendue n'importe comment sur une petite couverture. Elle ne bougeait pas ; j'ai cru qu'elle était morte. J'ai crié à tue-tête.

Sophie et la vétérinaire arrivaient. La vétérinaire a ouvert la cage et a pris doucement Isis en la flattant. Mon cœur s'est remis à battre.

— Tiens, m'a-t-elle dit. Tu peux la prendre. Je suis sûre que ça va lui faire du bien.

Collée contre mon cœur, Isis a fini par ouvrir les yeux lentement. Peut-être qu'elle avait reconnu mon odeur. Mais son regard était comme vide ; elle ne me reconnaissait pas. Ses paupières se sont refermées.

J'ai gardé ma petite chatte contre moi pendant longtemps. Je lui chuchotais plein de mots d'amour, mais elle ne réagissait pas.

Je n'avais retenu que quelques mots : Isis n'allait pas mourir, mais je ne pouvais pas la ramener à la maison aujourd'hui.

Au souper, j'ai été capable de mieux écouter les explications et j'ai commencé à comprendre. Isis, ma belle Isis, a eu un problème au cœur et ça, personne ne pouvait le prévoir. À la fin de l'opération, elle a fait, comme m'a répété papa, un arrêt cardiaque. Ça veut dire qu'elle a arrêté de vivre. La vétérinaire lui a fait tout de suite une piqûre au cœur et il a recommencé à battre. J'ai éclaté en sanglots.

— Une piqûre ? Dans son cœur si petit ?

J'imaginais une aiguille géante dans son petit cœur de rien du tout. Sophie l'a deviné, elle m'a rassurée. C'était une aiguille très fine et l'injection contenait juste ce qu'il fallait pour aider Isis. La preuve : ça l'avait sauvée.

— Elle ne sera plus jamais opérée ! Jamais !

Heureusement, son opération pour ne pas avoir de chatons était déjà terminée quand le problème est arrivé.

— Ça, ça s'était très bien passé, a affirmé Sophie. C'est vraiment une opération sans danger. C'est son cœur qui était trop faible.

Papa et Sophie se sont dit autre chose, à voix basse, mais moi, je suis allée pleurer dans ma chambre. La peur de perdre Isis m'avait tellement stressée que ça m'a fait du bien de pleurer. En plus, je suis si déçue qu'elle doive rester à la clinique encore quelques jours ! Ce qui me console un peu, c'est que demain c'est samedi, et que j'irai la revoir.

Ce soir, c'est papa qui est venu me border. Au lieu de simplement m'embrasser et de me souhaiter bonne nuit, il s'est assis sur mon lit. Il a fini par dire :

— Aie confiance, Agathe. Moi aussi, je...

Les mots semblaient difficiles à prononcer. Moi, j'avais tellement pleuré, j'étais si fatiguée que mes yeux se fermaient malgré moi.

— Agathe, a redit papa, ma petite Agathe, aie confiance. Quand on s'est séparés, ta maman et moi, j'ai eu peur de te perdre pour toujours, tu sais. Tu vois, j'avais tort. Tu es avec moi, avec nous et...

Le reste, je ne l'ai pas entendu : je dormais.

Le lendemain, tout de suite après le déjeuner, on est allés voir Isis.

Je lui ai apporté son jouet préféré, un poisson en tissu, tout bariolé, avec de l'herbe à chat dedans. Elle n'a même pas semblé nous reconnaître, ni le poisson ni moi.

J'avais tant de peine et de peur pour elle que je lui parlais sans arrêt pour ne pas me remettre à pleurer. Je lui chuchotais des mots gentils. Je caressais doucement sa petite tête, comme elle aimait tant. Elle faisait tellement pitié ! Isis, ma belle Isis pleine de vie, était une petite bête silencieuse, immobile dans mes bras.

Elle a entrouvert les paupières pour la troisième fois et, tout d'un coup, c'est comme si elle m'avait reconnue ! Je l'ai vu dans ses yeux. Elle a miaulé tout doucement et, je le jure, c'est comme si son regard avait dit :

— C'est toi, Agathe ?

Elle a refermé les yeux et, je l'ai bien senti, c'est elle qui s'est collée contre moi. Elle m'avait reconnue ; j'étais certaine qu'elle m'avait reconnue. J'étais la personne la plus chanceuse de la terre : ma petite chatte m'avait reconnue...

Pendant qu'elle dormait et que je la promenais dans la pièce arrière, j'ai vu que le chien et le chat d'hier étaient partis.

— Viens, Agathe, m'a dit papa en me rejoignant.

J'ai serré Isis contre moi, prête à la défendre contre le monde entier s'il le fallait en criant : « Je ne veux pas qu'Isis reste ici toute seule ! »

Normalement, elle ne serait pas revenue tout de suite chez nous. Mais c'était samedi et la clinique allait être fermée jusqu'à lundi. Alors les adultes ont décidé qu'il valait mieux qu'elle soit avec nous. Papa a noté les soins à lui donner et promis de la ramener lundi matin pour la faire examiner.

On n'a pas eu besoin de la cage. Pour une fois, mon petit trésor était bien tranquille. Elle et moi, on n'a pas bougé de tout le trajet.

Quand elle s'est réveillée, elle était toujours dans mes bras, même si j'étais un peu engourdie à force de ne pas bouger. Je lui ai parlé et, tout d'un coup, il y a eu encore cette petite lueur dans son regard.

— Tu m'as reconnue, hein, Isis ? Isis, ma belle Isis...

La semaine suivante, Isis ne courait pas trop vite parce qu'elle avait eu des points pour recoudre son bedon. Puis, d'un jour à l'autre, elle a retrouvé ses yeux vifs et son regard coquin.

Tout allait bien jusqu'au moment où elle a voulu sauter sur le sofa. Elle a pris son élan comme d'habitude mais, une fois dans les airs, elle a basculé vers l'arrière. Je l'ai prise et caressée pour la consoler. Elle devait être très frustrée de sa maladresse.

Quand j'ai raconté ça à papa, il a froncé les sourcils. Sophie aussi a eu l'air de prendre ça au sérieux. Moi, j'avais trouvé ça drôle, mais leur air ne l'était pas du tout.

J'ai eu de la difficulté à apprendre le mot qu'ils m'ont dit : des sé-quelles. Ça veut dire des conséquences qui ne sont pas bonnes. Autrement dit, c'était possible qu'Isis ait des petits problèmes, à la suite de son arrêt cardiaque.

— Des problèmes comme quoi ? ai-je demandé avec inquiétude.

Moins de facilité à sauter, par exemple, ou à attraper des objets, ce genre de problèmes-là.

Ah oui ? Eh bien ! je vais tellement jouer avec elle qu'elle va tout réapprendre. Elle n'en aura pas de ces… ces… comment il disait, papa ? Des séquelles ? Rassure-toi, Isis, tu n'auras pas de séquelles.

Chapitre 9

Les jeux

Avec le temps, Isis a fini par perdre ces longs poils blancs et bizarres, tout raides, qu'elle avait quand elle était une chatonne. Par contre, elle a gardé un corps mince et délicat, même si elle est devenue une adulte. Ce qui n'a pas changé non plus, c'est qu'elle aime toujours courir et faire des folies avec moi.

Dès le matin, on s'amuse au jeu de l'attrapeuse de pieds. Cachée sous mon lit, Isis essaie de deviner de quel côté je vais mettre pied à terre. Au début, je pensais qu'elle devinait : ça m'impressionnait beaucoup. J'ai fini par comprendre qu'elle écoutait les craquements légers du matelas. Comme les chats ont l'ouie très fine, elle me repérait à tous les coups.

C'est simple, en fait : je descends du lit ou je m'en approche pour me coucher et là, Isis m'attrape les pieds. Ses pattes sont douces comme du velours ; elle ne sort jamais ses griffes. On s'amuse tellement ! Je ris chaque fois. Certains soirs, on joue si longtemps que papa ou Sophie vient me gronder.

— Tu vas réveiller Ludovic !

Ou bien :

— Ne t'énerve pas comme ça, tu ne pourras plus dormir !

Quand j'ai raconté les folies d'Isis à mon amie Ingrid, elle m'a inquiétée. Elle m'a dit que si ma chatte avait fait un in-farc-tus (que c'est difficile à prononcer !), elle était sûrement restée avec des problèmes, même si je ne les voyais pas.

— Elle ne peut plus être comme avant, m'a affirmé Ingrid, certaine de ce qu'elle disait. Un infarctus, c'est très, très sérieux et très grave. J'ai un oncle qui est mort de ça l'année passée. Bouffon, lui...

Et c'était reparti. Son chien, Bouffon, passe d'une maladie à l'autre. Je me demande parfois si Ingrid n'en invente pas tant il en a. Moi, je ne tiens pas du tout à ce que ma chatte ait des maladies. À la télévision ou dans les livres, ça fait peut-être du suspense dans les histoires, mais dans ma vie à moi, je veux que tout aille bien. Tout le temps. J'ai eu tellement peur de perdre Isis que je ne veux plus jamais que ça arrive. Ni rien d'autre de malheureux.

N'empêche que la phrase d'Ingrid m'a stressée. Et là, toutes sortes d'idées noires ont commencé à galoper dans ma tête. J'ai fini par me dire que je n'observe peut-être pas assez Isis. Peut-être que je me fais croire qu'elle va mieux et que ce n'est pas vrai ? Et puis, le pire est arrivé... dans ma tête ! J'ai pensé que ses drôleries n'en étaient pas.

Là, je suis devenue tout à l'envers. Isis avait des séquelles, des séquelles graves, et moi, je pensais qu'elle faisait le clown.

— Agathe, es-tu malade ? a demandé Sophie d'un air inquiet quand je lui ai dit bonne nuit, ce soir-là. Tu es toute pâle.

Papa a baissé le volume de la télé.

— Qu'est-ce qu'il y a ?

J'étais tellement inquiète pour Isis que les mots ont bloqué dans ma gorge. À leur place, les larmes sont sorties toutes ensemble. Mon cœur avait mal comme s'il allait éclater.

Papa m'a prise sur ses genoux.

— Voyons, Agathe, qu'est-ce qu'il y a ?

Je pleurais tellement que je n'arrivais pas à parler. À force de me faire consoler, je me suis calmée. Après trois papiers-mouchoirs, j'ai fini par articuler :

— C'est Isis.

Je me suis mouchée encore. Je retardais le moment de parler parce que, quand je le dirais, ce serait encore plus vrai, plus grave. Mais je ne pouvais plus garder cette peine pour moi toute seule.

— Elle est malade.

Les larmes se sont remises à couler.

— Malade ? s'est étonnée Sophie. Malade comment ? Elle mange bien. Elle court partout. Elle joue. Elle...

J'ai protesté.

— Justement ! On pense qu'elle fait des folies mais... mais...

Comment oser dire une chose si triste ?

— Dans sa tête, c'est peut-être tout mêlé ! Elle ne sera plus jamais comme avant son opération !

Le déluge de larmes a repris. Mon père ne m'a plus consolée ; il m'a questionnée. J'ai fini par avouer ce qu'Ingrid m'avait dit. Papa n'était pas content et il m'a disputée de croire n'importe quoi, de n'importe qui.

Mais Ingrid, ce n'est pas n'importe qui ! C'est mon amie ! Et c'est vrai que son chien va souvent chez le vétérinaire. En plus, son père va souvent chez le docteur, lui aussi, parce qu'il est en congé de maladie.

— Mais ça n'a rien à voir avec Isis, a insisté papa.

— C'est vrai qu'on s'est inquiétés des séquelles possibles, a ajouté Sophie. Mais je l'ai bien observée et je t'assure, Isis est complètement rétablie.

Puis elle a éclaté de rire.

— Veux-tu une preuve que ta chatte est en bonne santé ? Regarde-la.

Isis, allongée sur le dos, s'étirait une patte jusqu'en arrière de sa tête et, le plus simplement du monde, trempait sa patte dans son bol d'eau fraîche pour rapporter de l'eau à sa gueule et boire. Deux fois, dix fois, elle a répété son manège.

On n'en revenait pas. Isis était tellement agile !

— Ses mouvements sont parfaits, précis et coordonnés, a dit mon père, admiratif ! Elle est aussi vive et agile qu'avant son problème cardiaque.

Puis, ma chatte s'est relevée d'un bond et elle est venue se faire flatter, comme si elle n'avait rien fait de spécial. Ça, c'est faux. Je la connais.

Je suis certaine qu'au fond d'elle-même, elle était bien contente de jouer à la petite vedette. Moi, je l'ai serrée fort dans mes bras, le cœur rassuré.

Je suis tellement contente qu'Isis, ma belle Isis, soit en pleine santé que je trouve tout amusant. Avant, je n'aimais pas vraiment passer du temps avec Sophie et encore moins jardiner avec elle. Mais c'est bien différent maintenant.

Hier, Sophie était accroupie pour planter des annuelles et elle a tendu la main pour prendre un outil. Le cri qu'elle a poussé ! Isis s'était cachée dans le panier de jardinage et Sophie a mis la main sur une boule de fourrure grouillante au lieu d'un sécateur.

Une autre fois, j'étais penchée pour donner une caissette de fleurs à Sophie. Cette fois, c'est moi qui ai crié : Isis venait de sauter sur mon derrière ! J'ai tellement fait le saut que je suis tombée à plat ventre sur la caissette que j'avais laissé échapper. Les fleurs étaient tout écrasées, mais on a tellement ri, Sophie et moi.

— Agathe, m'a dit soudain le voisin en venant vers nous. C'est un coquin, ton chat. J'étais à quatre pattes en train de désherber et il a sauté sur ma main. J'ai été tellement surpris que, par réflexe, j'ai failli lui donner une bonne taloche.

— Elle veut seulement jouer, monsieur Germain.

— Elle ne vous a pas griffé, au moins ? a demandé Sophie en se redressant.

— Non, non. C'était juste la surprise.

Mais où est Isis ? Ah ! la voilà ! Tout en haut du faux tremble ! Un vrai petit singe. Elle était grimpée si haut que, si sa fourrure avait été verte, je ne l'aurais pas distinguée du feuillage. C'est pareil pour Cléo, allongée à l'ombre, sous un bouleau pleureur. Elle se croyait bien dissimulée, mais Ludovic l'a repérée et il s'est glissé à quatre pattes sous l'arbre pour jouer à la cachette lui aussi.

Et qui donc miaulait de détresse sans que personne s'en occupe ? Isis, perchée sur une branche.

— Sophie ! Isis ne peut plus descendre !

— Iris ? a lancé le voisin en tripotant sa barbe poivre et sel. Ton chat a un nom de fleur ?

— Pas Iris ! a rétorqué Sophie en riant. *Isis*. C'est le nom d'une déesse de l'Égypte ancienne.

Comment pouvaient-ils placoter et rigoler quand Isis était en danger, au sommet de l'arbre ?

— Faites quelque chose ! Elle va peut-être mourir là-haut, toute seule. Ou se faire emporter par un aigle cette nuit ! Ou...

Le voisin a éclaté de rire.

— ... ou redescendre toute seule, a-t-il ajouté en désignant quelque chose derrière moi.

C'était bien elle ! Elle était redescendue et voulait courir avec moi. De son repaire sous l'arbre, Cléopâtre a plissé les yeux. Depuis quelque temps, j'ai l'impression qu'elle voudrait jouer avec nous. Quand je promène un petit jouet au bout d'une ficelle, Isis fait tellement de sauts et d'acrobaties pour l'attraper que ça en devient peut-être contagieux.

Par contre, Isis ne me partage pas vraiment. Elle a vite fait de bloquer le chemin à l'autre chatte pour l'empêcher de se mêler à nos jeux. C'est bizarre, des fois j'ai l'impression que c'est Isis, la plus jeune, qui fait la loi. Sophie m'a expliqué qu'en général, chez les animaux, il y en a un ou une qui domine et les autres l'acceptent.

— C'est pour assurer la survie du groupe, du clan, a-t-elle renchéri.

Moi, ça ne me plaît pas beaucoup. Je n'aimerais pas être soumise à quelqu'un dans ma classe ou dans l'autobus. Hum... Ça me rappelle William. Il se croit peut-être le dominant dans l'autobus ? Le seul fait de penser à lui me stresse. Comment faire pour qu'il cesse de se moquer de moi ?

Ça me dérange tellement que je préfère revenir aux deux chattes. Cléopâtre et Isis sont nourries, bien au chaud, vaccinées contre les maladies et tout et tout. Elles n'ont aucun problème de survie dans la maison.

Pourquoi l'une d'elles serait-elle dominante ? Le seul lieu de survie pour elles, c'est l'extérieur. Et là, le danger vient des autres animaux ; pas de l'une ou de l'autre.

Non, ni Cléopâtre ni Isis ne sont dans la survie. Elles n'ont pas besoin que l'une soit supérieure à l'autre. Je dois donc admettre qu'Isis n'a pas à se donner des airs de dominante avec Cléo.

Mais elle réussit quand même à me faire rire avec ses grands airs, surtout quand elle déambule en faisant osciller sa large queue touffue. Avec sa démarche dansante, elle a toujours l'air de se promener à talons hauts. L'autre jour, elle a traversé le salon en se dandinant sur ses talons hauts, et quand elle est passée près de Cléopâtre – qui s'est ouvert les yeux à demi, l'air indolent –, elle lui a balayé le museau de sa queue panachée. Je suis sûre que Cléo déteste ça et qu'Isis le sait très bien. Mais ce sont des taquineries entre chats. Je ne m'en mêle pas.

Ce qui me concerne, par contre, ce sont les airs de dominant que se donne William!

Chapitre 10

Les vacances

Si Isis n'arrête pas, je sens que ça va mal aller. Voir maman se retourner pour la dixième fois vers le siège arrière de l'auto, voir son copain Marcel jeter des coups d'œil dans le rétroviseur, cela laisse présager des reproches.

— Tiens-toi tranquille, Isis...

J'ai beau la prendre, la flatter, lui murmurer des finesses : rien à faire. Elle n'arrête pas de miauler, de se promener sur moi, sur le siège, sur le rebord plat derrière mon appuie-tête. Elle voudrait bien aller devant aussi, mais je la retiens avec la laisse.

Une laisse ! Maman refusait qu'Isis soit libre dans l'auto.

— Elle pourrait sauter par la fenêtre, sortir quand on arrêtera faire le plein d'essence, aller se coucher sous les pédales et causer un accident. Sois raisonnable, Agathe. On emmène Isis au chalet seulement si tu la gardes en laisse.

Vous auriez dû voir Isis quand je lui ai passé – en fait, quand j'ai voulu lui passer ! – le harnais la première fois. À l'animalerie, on nous avait bien expliqué, à Sophie et à moi, d'y aller par étapes. D'abord, agrandir le harnais pour qu'il ne serre pas du tout, puis le passer autour du chat quand il se repose, bien détendu. Dans un premier temps, simplement l'habituer à cette chose inconnue sur son corps.

Isis était couchée, je l'ai flattée en lui parlant, mais dès que j'ai posé le collier sur elle, elle a sauté dessus comme si une guêpe l'avait piquée ! Elle se débattait avec le harnais comme si c'était un serpent venimeux. Peut-être que c'était ça, pour elle ?

— Calme-toi, Isis ! Je ne veux pas te faire mal, voyons !

Ouais, si on me mettait un attelage, je ne le supporterais pas non plus ! J'aurais l'impression d'étouffer. Bon, si on me l'expliquait comme il faut avant, et que c'était pour faire de l'acrobatie, disons, alors, là, je comprendrais que le harnais de sécurité me protégerait.

— Mais Isis ne sait pas que c'est pour la protéger, admet Sophie. Elle se défend, c'est tout.

— Pourquoi elle ne me fait pas confiance ? Elle sait bien que je ne lui ferais pas mal !

Il paraît que ce n'est pas une question de confiance. Un chat ne se fie qu'à lui-même pour assurer sa sécurité.

Tout ça ne changeait rien au problème. Il fallait absolument habituer Isis à porter un harnais et, en plus, à accepter d'être parfois tenue en laisse.

Maman et Marcel se sont mariés à la fin des classes ; en ce moment, ils sont en Europe, en voyage de noces. À leur retour, j'irai passer un mois avec eux dans un chalet à Saint-Fabien-sur-Mer. Avec Isis, bien sûr ! Il n'était pas question que je parte sans elle. Des semaines entières sans Isis ? Impossible !

Maman avait donc dit *oui* et Marcel avait ajouté *si*... *Si* Isis ne fait pas ses griffes sur tout, *si* je nettoie sa litière tous les jours et, surtout, *si* Isis porte un harnais et une laisse pour les trajets en auto, comme maman l'exigeait.

Heureusement que Sophie m'a aidée. On a été patientes – toutes les trois ! À force de lancer le harnais dans les airs, de le mordre, de le relancer, de le traîner ici et là, Isis y a mis son odeur et a fini par comprendre que l'objet était inerte, sans vie.

La crainte d'un éventuel danger disparue, on pouvait maintenant lui passer le harnais autour du cou et des pattes de devant. Aïe ! Aïe ! Aïe ! Quand elle a senti cette entrave autour de son corps, elle s'est roulée en boule avec fureur et poussait de toutes ses forces avec ses deux pattes de derrière pour arracher cette chose.

— Attends ! Laisse-la se calmer, m'a dit Sophie en retenant mon geste pour délivrer Isis. Elle est paniquée et elle pourrait te griffer sans le vouloir.

Moins d'une minute plus tard, Isis, épuisée, s'est immobilisée. Je l'ai flattée, caressée, prise dans mes bras.

— Laisse-lui le harnais une ou deux minutes, a suggéré Sophie. Comme ça, elle va comprendre que ce n'est pas dangereux.

Je commençais à me décourager.

— Il n'est même pas serré. Qu'est-ce qu'elle va faire quand on va l'ajuster à sa taille ?

Isis était si malheureuse que j'aurais préféré lui épargner tout ça. Mais... pas de harnais, pas d'Isis au chalet. Et pas d'Isis au chalet, pas de vacances avec maman. Alors, j'ai soupiré bien fort et j'ai essayé d'encourager ma petite chatte.

— Calme-toi, Isis, ça ne te fera pas mal. C'est pour te protéger.

Dès que je l'ai lâchée, elle s'est sauvée. Puis, je l'ai retrouvée endormie après tant d'émotions et, tout doucement, je lui ai enlevé le harnais qu'elle détestait.

Oui, Sophie et moi, on a été très patientes et on a finalement réussi à faire porter son petit attelage à Isis. Se promener au bout d'une laisse, par contre, ça, c'était trop lui demander. De toute façon, la laisse, c'était simplement pour l'empêcher de sortir de l'auto et le harnais, c'était pour attacher la laisse. En plus, Sophie m'a bien expliqué de ne jamais laisser ma chatte dehors attachée avec une laisse parce que si un danger ou un autre animal survenait, elle ne pourrait pas se sauver ni se défendre.

Aujourd'hui, dans l'auto, Isis est si agitée que j'ai fini par la mettre dans sa cage de transport, à côté de moi. Et là, elle s'est endormie tout de suite. Maman a souri, soulagée.

— Eh bien ! on dirait qu'elle se sent plus en sécurité dans sa cage. Tant mieux.

Je ne connaissais pas la mer et j'ai trouvé ça très beau. Saint-Fabien-sur-Mer, c'est presque la mer à perte de vue.

— Tu vois, m'a montré Marcel, la ligne mince devant toi ? C'est la Côte-Nord. C'est l'autre côté du fleuve. On le voit parce que le temps est clair. Dès qu'il y aura un peu de brume, on ne pourra plus le distinguer.

Isis, elle, retrousse souvent son petit nez. L'air n'est pas comme chez nous. C'est *l'air marin*, comme dit Marcel. Il connaît ça, il vient de cette région-là.

Je le trouve fin, Marcel. Il parle, il rit, il propose plein de projets et... il les réalise le jour même. On fait des excursions, des pique-niques, des feux de camp et on fait griller des guimauves au-dessus des flammes. C'est dommage qu'Ingrid ne soit pas avec nous; ce serait encore plus merveilleux.

On va au restaurant presque tous les jours. Maman dit que ça leur manque beaucoup dans le nord parce qu'il n'y en a pas. On va au cinéma quand il pleut. On visite la région. Ça, c'est moins intéressant. Mais maman et Marcel ont l'air de bien aimer ça.

Des fois, on emmène Isis... avec son harnais et sa laisse, mais elle n'aime pas ça. La plupart du temps, on préfère qu'elle se repose tranquillement au chalet. Pour elle, c'est comme quand je pars toute la journée à l'école.

Maman est tellement contente de nos vacances. Marcel et elle se donnent des becs tout le temps. Ça doit être parce qu'ils sont des nouveaux mariés ; papa et Sophie le font moins souvent même s'ils s'aiment. Un soir, j'ai dit :

— Ce n'est plus comme avant, mais on est bien ensemble, je trouve.

Maman en a eu les larmes aux yeux. Pourtant, je lui disais ça pour la rassurer. J'ai ajouté gentiment :

— C'est comme avec papa et Sophie.

Marcel a souri mais, pour une fois, il n'a rien dit. Enfin, pas tout de suite. Plus tard, il a dit que c'était nouveau pour lui, d'avoir une fille, et qu'il ne savait pas toujours comment réagir. Puis, il a ajouté qu'il avait de la chance parce qu'avec moi, il était vraiment bien tombé.

— C'est normal, a rétorqué maman en riant, c'est ma fille !

Ils se sont bécotés encore. À la longue, c'est un peu fatigant de les voir comme ça, mais c'est vrai qu'Isis et moi, on le fait très souvent. Alors ce doit être normal pour eux aussi.

Et puis, un jour qu'il pleuvait et qu'il faisait moins chaud, je me suis ennuyée de papa, de Ludovic, de Sophie, de mon amie Ingrid. Isis s'ennuie aussi, je pense, parce que je la vois de plus en plus souvent faire semblant de dormir, la tête posée sur ses pattes de devant, les yeux à moitié fermés. Comme si elle trouvait le temps long. Peut-être qu'elle s'ennuie de Cléo ? Ça fait longtemps qu'elle n'a pas vu de chats.

Je suis mêlée. J'ai hâte de retourner chez papa, mais ça veut aussi dire quitter maman. Je pense que je vais faire comme Isis : appuyer ma tête sur mes bras étendus et soupirer...

Les vacances de maman et de Marcel achèvent. À Kuujjuaq, l'école recommence en août. Isis et moi, on est contentes de retourner chez nous. Mais j'avoue que ça fait drôle d'entendre que, pour maman et Marcel, *chez nous*, ça veut dire Kuujjuaq.

Chapitre 11

L’inattendu

Avant la fin des vacances d'été, ma cousine Annabelle m'a invitée à une excursion formidable. Mon oncle Philippe vient me chercher ce matin, à huit heures. Lui et tante Myriam (la sœur de papa) nous emmènent à Hemmingford ! Là-bas, il y a un grand zoo dans lequel on circule en auto. On peut même acheter de la nourriture pour les animaux et leur en donner.

J'étais si énervée hier soir que j'ai complètement oublié Isis. Où peut-elle bien être ? Ça fait dix minutes que je la cherche partout dans la maison.

— Isis ? Minou ? Si tu veux une caresse, dépêche-toi ! Yé ! Oncle Philippe vient d'arriver !

Je me précipite dehors pour accueillir Annabelle et...

Il paraît que j'ai crié tellement fort que papa est arrivé en courant. Moi, je ne me souviens que d'Isis. Près du trottoir, dans la rue, elle était étendue. Elle ne bougeait pas. Mes jambes refusaient d'avancer. Mes yeux ne voulaient pas voir. Mon cerveau ne voulait pas comprendre.

— Oh non... a murmuré Sophie en s'approchant elle aussi.

Ça, je me le rappelle. Dans la voix de Sophie, il y avait toute la peine qui me serrait la gorge à m'étouffer. Sophie m'a entourée de ses bras. Je me suis sentie comme Ludovic : j'avais seulement envie de me faire bercer.

Comme au ralenti, j'ai vu que papa s'est approché d'Isis et s'est penché vers elle.

— Ça s'est passé cette nuit, a-t-il murmuré après avoir touché le petit corps tout raide.

J'ai marché vers elle comme une somnambule. Sa face était tournée vers la rue, je ne voyais pas ses yeux. Mes mains voulaient la prendre, la caresser, la faire bondir sur ses pattes. Mais je n'ai pas été capable d'y toucher.

Sophie est revenue avec une grande serviette et papa a enveloppé Isis dedans. J'ai crié de colère :

— Non ! Elle va étouffer !

C'était plus fort que moi. Il me semblait que la serviette allait l'empêcher de respirer.

— On va dégager son museau, a gentiment proposé Sophie et papa l'a fait.

Je le sais qu'elle ne respire plus, mais c'est comme ça; je ne veux pas que la serviette l'étouffe.

Comme dans un murmure, j'entendais les adultes discuter à voix basse. Annabelle essayait de me consoler. Ludovic voulait voir Isis sous la couverture. Pour la première fois, j'aurais voulu que Ludovic prenne ma petite chatte, la secoue, la fasse réagir, bouger.

Quand j'ai arrêté de sangloter, Sophie m'a fait boire un grand verre d'eau, puis elle m'a doucement lavé le visage avec une débarbouillette bien froide. Ça m'a fait du bien. Papa ne savait pas quoi décider. Il m'a laissée libre de rester ici ou d'aller au zoo. Annabelle a insisté.

— Viens donc. Ça va te changer les idées.

Mes oreilles entendaient tout cela, mais c'était comme s'ils parlaient à quelqu'un d'autre. C'était plus fort que moi, je cherchais Isis des yeux. Papa l'avait déposée sous les branches basses du sapin, à l'ombre. Mais j'étais incapable d'aller la voir tant j'avais de la peine

Finalement, Sophie a promis qu'ils m'attendraient pour qu'on l'enterre ensemble, le soir. Ça m'a consolée; j'ai eu l'impression qu'Isis vivrait encore toute une journée. Alors j'ai accepté de partir avec Annabelle. De toute façon, je n'étais bien nulle part.

En chemin, ma cousine m'a parlé de son école, de ses amies, je lui ai parlé d'Ingrid – ce qui m'a fait repenser à Isis – et je suis revenue dans ma peine.

Au zoo, j'ai donné de la nourriture à une girafe. Je savais que c'est grand, une girafe, et que son cou est très, très long, mais j'ai été impressionnée quand même. Sa langue, longue, bleue, épaisse, étroite, était visqueuse et m'a laissé les mains toutes gluantes. Heureusement, tante Myriam avait prévu des débarbouillettes mouillées pour se nettoyer.

Il y avait aussi des buffles avec des cornes imposantes. Des buffles, ça ressemble à des bœufs. Dans l'enclos des chèvres, on pouvait sortir de l'auto. Il y avait de toutes petites chèvres noires, pas plus hautes que Ludovic, des chèvres miniatures, en fin de compte. Annabelle et moi, on se sentait tellement bien au milieu d'elles qu'on serait restées là des heures.

Quand j'ai vu une panthère noire, tout mon plaisir a disparu. Le souvenir d'Isis, ma mini panthère noire, a envahi mon cerveau et mon cœur. J'ai oublié le zoo.

J'ai pleuré en silence, mais Annabelle ne s'en est pas aperçue : elle était trop occupée à se plaindre parce qu'il ne lui restait plus de nourriture à donner aux animaux. Tante Myriam rouspétait parce que l'intérieur de l'auto était devenu dégoûtant avec les miettes et les morceaux de nourriture que les animaux faisaient tomber de nos mains. Oncle Philippe, lui, n'en finissait plus de prendre des photos numériques et bloquait la file des voitures.

Sur le chemin du retour, j'ai fait semblant de dormir pour penser à ma chère petite chatte. Plus tard, quand Annabelle et ses parents sont repartis de chez nous, après un souper sur la terrasse, papa m'a prise sur ses genoux. Il m'a serré dans ses bras. On a parlé d'Isis puis il m'a laissé choisir l'endroit où l'enterrer. Ce soir, je sais qu'elle n'étouffera pas parce qu'elle n'est plus en vie.

Ensemble, on a choisi un coin à l'ombre, là où on ne va pas souvent.

— Elle sera plus tranquille, a conclu mon père.

J'ai trouvé qu'il avait raison et ça m'a fait du bien que papa comprenne ce que je ressentais. N'empêche que ça va faire tout drôle à Isis d'être loin du va-et-vient au jardin : elle qui aimait tellement courir et jouer ! Mais, à présent, comme elle ne peut plus faire ni l'un ni l'autre, j'aime mieux qu'elle ne soit plus dérangée.

Sophie a proposé qu'on plante un hosta au feuillage jaune crème. Pour marquer l'endroit et pour que cette teinte claire et joyeuse nous rappelle combien Isis était enjouée. Ça fait joli. Le hosta illumine les plantes vertes et sombres.

Oui, c'est ça qu'elle était pour moi, Isis, et elle le restera toujours : la joie et la vie.

Ce soir-là, j'ai tellement pleuré que j'ai fini par m'endormir de fatigue.

Chapitre 12

La peine

Une semaine a passé. Une semaine qu'Isis est partie. Elle ne reviendra pas. Je le sais dans ma tête, mais mon cœur refuse d'y croire ! C'est impossible ! On s'aimait tellement !

Quand je descends du lit, je m'attends à ce qu'elle m'attrape les pieds. Quand je reviens de l'école, je l'appelle en entrant. Quand je fais mes devoirs, mes yeux cherchent son regard un peu effronté, si enjoué. Je l'ai fait tant de fois... Ma main s'ennuie de flatter sa fourrure chaude, d'effleurer son museau humide. Je m'ennuie de sentir ses pattes douces sur moi, ses pattes qui ne m'ont jamais griffée.

Je ne veux pas qu'Isis soit partie pour toujours. Des fois, je me dis que si je refuse très, très fort qu'elle ne soit plus là, peut-être qu'elle reviendra.

Cléopâtre me plonge dans la colère. Je lui en veux d'être vivante. Elle est presque vieille : elle a cinq ans. C'est elle qui aurait dû se faire frapper !

C'est ce que je me dis quand ma peine devient de la colère. Mais Cléo ne se ferait pas heurter par une auto : elle est bien trop peureuse pour aller dans la rue. Du moins, c'est ce que je pensais avant. Maintenant, je crois plutôt qu'elle est plus prudente. C'est sans doute pour ça qu'elle est encore en vie, elle.

Et puis, ça recommence. Je me dis encore que si je n'avais pas laissé Isis dehors ce soir-là... Si je m'étais inquiétée d'elle avant de me coucher... Si...

— Des *si*, tu pourrais en trouver des dizaines, m'a dit papa pour me consoler. Mais tu ne pouvais quand même pas l'attacher ? Tu ne voulais pas la garder prisonnière, n'est-ce pas ?

— Non ! Mes bras n'étaient pas une prison !

— Tu n'as rien à te reprocher, m'a assuré Sophie. Tu lui avais montré à ne pas aller vers la rue. Bien des fois je t'ai vue l'en empêcher. Mais on le sait toutes les deux : Isis n'en faisait qu'à sa tête.

C'est vrai. C'est même ce que j'aimais tant chez Isis, ma belle Isis : qu'elle fasse tout ce dont elle avait envie. Je l'admirais tellement pour ça.

Moi, si je n'en faisais qu'à ma tête, je dirais à papa que je lui en veux de s'être séparé de maman. Je dirais à Sophie que je refuse de l'aimer, de l'aimer vraiment, je veux dire, parce qu'elle a pris la place de maman dans le cœur de papa. Je leur dirais que je suis jalouse de Ludovic parce que je suis sûre que papa l'aime plus que moi. Et je dirais à Ludovic que je suis jalouse de lui pour une deuxième raison : mon petit frère, lui, il a son papa et sa maman avec lui.

Les larmes dévalent encore mes joues. Mais, cette fois, ce n'est pas pour Isis. Je pleure, de plus en plus, parce que pour la première fois, j'en veux à maman. Pour la première fois, je me sens très en colère contre elle de vivre si loin de moi, de me voir si peu souvent, si peu longtemps.

Au fond de mon cœur, j'ai tellement rêvé que mes parents reviendraient ensemble un jour. Mais maintenant je sais que je ne vivrai plus jamais avec mon père et ma mère, ensemble. C'est trop tard ! Papa est avec Sophie et ils ont eu Ludovic. Maman est mariée avec Marcel et ils vont avoir un bébé au mois de mai. En plus, ils aiment beaucoup le nord et vont enseigner plusieurs années encore à Kuujjuaq. Papa trouvait que ce n'était pas une place pour moi, et là, le petit bébé de maman va y naître et y vivre. C'est pas juste !

Je sais que maman a bien pris soin de moi quand je vivais avec elle. Je sais aussi que de faire de la suppléance dans les écoles, c'était difficile et que cela ne lui donnait pas un vrai salaire. Elle me l'a répété tant de fois. Je sais aussi que c'était une chance pour elle, d'enseigner pendant des années complètes, même si c'est dans le nord, même si c'est loin de moi. Mais je suis en colère quand même ! J'en veux à maman parce qu'on se voit si peu depuis que je suis avec papa. Elle est tellement loin et elle aura encore moins de temps, encore moins de place dans son cœur avec son nouveau bébé. On s'envoie des courriels, elle me téléphone mais... Est-ce qu'elle m'aime encore comme quand on était toutes les deux ensemble ?

On dirait que toute ma joie est morte avec Isis. Je suis en colère contre maman, contre papa, contre Isis, contre tout le monde !

Je pleure tellement que mes pensées sont toutes mêlées. Mon cœur, lui, est comme une poubelle pleine de colère, de rancune, de jalousie. Et de peine...

Sophie est entrée dans ma chambre sans que je l'entende tellement je sanglotais fort. À travers mes larmes, je la vois floue. Elle me prend dans ses bras si doucement que, tout à coup, j'ai le goût de me faire croire que c'est maman, ma vraie maman à moi.

Assise sur le bord du lit avec elle, j'ai pleuré, pleuré, pleuré... Elle m'a finalement prise sur ses genoux et elle m'a bercée longtemps tout contre elle.

— Je n'aurai plus jamais de chat !

C'est sorti tout seul. C'est ça que je ressens. Non, plus jamais de chat ! Ça fait trop de peine de le perdre.

Sophie m'a fredonné la même chanson qu'à Ludovic quand il tombe et pleure parce qu'il a mal. Et là, ma peine m'a fait moins mal. J'étais tellement bien dans les bras de Sophie. Sa voix était douce comme celle de maman. C'est normal : elle *est* une maman.

Alors, d'un coup, comme ça, je lui ai murmuré... *maman Sophie*.

Chapitre 13

Le cadeau d'Isis

Cléopâtre est assise sur le seuil de ma chambre. Elle n'y a jamais mis le bout de la patte avant. *Avant*, c'était quand Isis était avec nous. Cléopâtre, patiente, reste là, immobile. Elle attend ma permission d'entrer. Pas question ! Ma chambre, c'est le territoire d'Isis. Pas le sien.

Il paraît que les chats pensent qu'on leur appartient. Isis, elle, je suis certaine qu'elle le croyait parce qu'elle s'imposait partout ; sur mon lit, sur mes cahiers et mes livres, sur mes genoux, sur mes épaules. Même qu'une fois, quand je faisais mes devoirs, elle s'est juchée sur ma tête !

Maintenant, je pense à Isis au passé. Je sais bien qu'elle ne reviendra jamais. Il a neigé, hier. Dans le jardin, les feuilles crème du hosta sont gelées.

Dans mon cœur, Isis est toujours là. Je n'aurai plus jamais un autre chat pour lui laisser toute la place en moi. Mon cœur, c'est son territoire, juste à elle.

Dans l'autobus scolaire, William, qui est maintenant en sixième année mais se conduit encore comme un bébé, s'est moqué de mes dents une fois de plus. J'ai failli réagir comme d'habitude, c'est-à-dire me figer de gêne ou bouillir de rage. Mais tout à coup, je me suis demandé ce qu'Isis aurait fait à ma place. Alors j'ai éclaté de rire !

Isis aurait sûrement toisé ce grand niaiseux avec son regard effronté et, pas intimidée du tout, elle aurait même pu avoir le culot de sauter sur son épaule et de lui balayer la face avec sa grande queue touffue, comme elle le faisait parfois avec Cléopâtre.

Cette image était si drôle que j'ai éclaté de rire. Plus je riais, plus ça devenait incontrôlable. Ingrid a fini par rire elle aussi et d'autres enfants autour de nous, sans savoir pourquoi, tellement c'était contagieux. Je riais tant et tant que j'en pleurais, que j'en avais mal aux mâchoires, que j'en avais mal au ventre. C'était comme si toutes les adorables folies d'Isis étaient bien vivantes dans mes souvenirs, dans ma tête et dans mon cœur. Ça me faisait tellement de bien de rire comme une folle !

Quand je me suis calmée, petit à petit, j'ai constaté que William était sagement assis sur son banc, silencieux, le regard tourné vers la fenêtres, et qu'il n'asticotait plus personne. Incroyable ! J'ai eu l'audace de réagir face à William ! Enfin ! Isis, ma belle Isis, quel beau cadeau tu m'as fait ! Tu m'as montré comment avoir de l'audace !

Qui sait, peut-être qu'elle a aussi donné un cadeau à Cléo : le goût d'être bien avec nous ? On dirait que la chatte change de jour en jour.

Tout à l'heure, je regardais mon émission préférée à la télé quand, tout à coup, je me suis aperçue que Cléopâtre était venue s'asseoir sur le sofa, comme un *sphinx*, dit papa. Ce n'est pas un grand mot, celui-là, mais il est encore plus compliqué. Cléopâtre était si belle et si mystérieuse en position de sphinx, ses pattes de devant repliées sous elle. Les yeux mi-clos, on aurait dit qu'elle faisait semblant de regarder la télé, elle aussi. Elle était juste assez loin pour que ma main ne l'atteigne pas, comme si elle avait calculé les centimètres.

Même si elle feignait de m'ignorer, ça m'a fait tout drôle de la voir si près. Depuis mon arrivée chez papa et Sophie, c'est la première fois qu'elle vient s'asseoir près de moi.

— Eh bien ! s'est exclamée Sophie.

Pour la tester, elle l'a flattée en passant et Cléopâtre s'est laissé faire. Quand j'ai vu que Ludovic la flattait, lui aussi, ça m'a donné un choc. Pour la première fois, je me suis demandé si mon petit frère voulait des caresses, lui aussi. Des caresses de ma part, je veux dire.

Je l'ai regardé avec tant d'attention qu'il a levé les yeux vers moi. Il m'a fait son grand sourire. Il est comme ça, mon petit frère. C'est mêlant... Depuis qu'il est né, je refusais de l'aimer. Je me disais que papa et Sophie l'aimaient tellement qu'il n'avait pas besoin de mon amour. Mais je n'ai pas vraiment réussi parce que, comme me dit Ingrid, Ludovic est tellement fin.

Je sais bien, maintenant, que je l'aime beaucoup, mon petit frère, que papa et Sophie m'aiment pour vrai, tout comme maman et Marcel. En plus, même si le bébé sera loin pour quelques années encore, je suis contente de savoir que j'aurai bientôt une demi-sœur ou un autre demi-frère. Ça me fait une grande famille, finalement.

— Lis-moi une histoire, Agathe.

C'est étrange. C'est comme si je découvrais tout d'un coup que Ludovic n'est plus un bébé. Il a presque cinq ans maintenant. Là, devant moi, il me fixe de ses yeux perçants et il attend. Je me sens fondre par en dedans.

Il se décide, monte sur le sofa et se colle contre moi avec son album. Sa présence me fait tellement de bien que je passe mon bras gauche autour de ses petites épaules. Il me regarde avec des yeux pétillants de bonheur. Je me sens joyeuse comme quand Isis s'imposait, me forçait à la prendre et à la flatter.

Il m'a tendu l'album illustré.

— Lis-moi l'histoire, Agathe, a-t-il redemandé.

Je lui ai lu l'histoire. Elle était drôle, avec un cochonnet tout sale, une poule entêtée et plein d'autres folies. Ludovic riait. Moi aussi. On riait ensemble.

C'était tellement bon que j'ai pensé à Isis. Elle était un chat; elle ne riait pas. Même si elle avait eu une longue vie, elle n'aurait jamais pu parler et rire aux éclats comme Ludovic le fait avec moi, comme on le fait ensemble.

J'ai donné un gros bisou à mon petit frère. Tout content, il m'a fait un câlin si tendre que j'aurais voulu le garder dans mes bras pour toujours.

Quand on a eu fini de rire, j'ai vu que Cléopâtre s'était couchée tout contre moi. J'ai entendu qu'elle ronronnait de contentement.

Si j'étais un chat, je ronronnerais aussi tellement je suis bien partout : dans ma tête, dans mon cœur et dans mon corps, avec Ludovic et Cléopâtre collés contre moi. Alors il m'est venu une idée et je l'ai chuchotée à mon petit frère :

— Ludovic, aimerais-tu ça qu'on ait un petit minou ?

Il a dit oui.

Alors, nos yeux ont brillé d'avance pour tous les plaisirs à venir...

De la même auteure

Jeunesse

Émilie, la baignoire à pattes, conte, Éditions Héritage, 1976.
Prix du Conseil des Arts du Canada - 1976
Prix de l'ASTED - 1977

Nouvelle édition révisée, Québec Amérique Jeunesse, coll. Bilbo, 2002.

Le Chat de l'oratoire, roman, Éditions Fides, 1978. Réédité en 1983, traduit en anglais, 1983 et reproduit en braille, 1984.

Émilie, la baignoire à pattes, album, Éditions Héritage, 1978.

20 albums seize pages, Éditions Le Sablier/Graficor, coll. Tic Tac Toc, 1978, 1979 et 1980.

La Révolte de la courtepointe, conte, Éditions Fides, 1979.
Mention d'excellence de L'ACELF, 1978.

Reproduction en braille, 1983.

Nouvelle édition révisée, Québec Amérique Jeunesse, sous le titre *Drôle de nuit pour Miti*, coll. Bilbo, 2004.

La Maison tête de pioche, conte, Éditions Héritage, 1979.

Une boîte magique très embêtante, théâtre pour enfants, Éditions Leméac, 1981.

La Dépression de l'ordinateur, roman de science-fiction pour adolescents, Éditions Fides, 1981, traduit en anglais, 1984.

La Grande Question de Tomatelle, conte, Éditions Leméac, 1982.

Comment on fait un livre ? documentaire pour la jeunesse, Éditions du Méridien, 1983.

Bach et Bottine, roman, coll. Contes pour tous # 3, Québec Amérique Jeunesse, 1986. Traduit en anglais et en chinois.

20 textes de lecture dans *Trivol, Trifouine, Trimousse*, Éditions Graficor, coll. Trioh, 1988.

30 textes de lecture dans *En tête 2*, ERPI, 1992.

Le Petit Violon muet, album avec cassette ou D.C., Le Groupe de divertissement Madacy, 1997.

20 textes de lecture dans *Théo et Raphaëlle*, manuels C et D, ERPI, 2000.

Les Gros Bisous, album seize pages, ERPI, 2004.
Grands Prix du Livre de la Montérégie 2005, 2e prix, Catégorie Jeunesse

Pas de chouchous, albums seize pages, ERPI, 2004.

Mon chat zoo, album seize pages, ERPI, 2006.

Casimir, le maladroit, album seize pages, ERPI, 2006.

Adulte

Un homme comme tant d'autres,

Tome 1: *Charles*, roman, Libre Expression, 1992; collection Zénith, Libre Expression, 2002.

Tome 2: *Monsieur Manseau*, roman, Libre Expression, 1993; collection Zénith, Libre Expression, 2002.

Tome 3: *Charles Manseau*, roman, Libre Expression, 1994; collection Zénith, Libre Expression, 2002.

La trilogie a remporté le prix Germaine-Guèvremont 1995,
volet Littérature, Gala des Arts du Bas-Richelieu.

La Quête de Kurweena, conte philosophique, Libre Expression, 1997.

Héritiers de l'éternité, essai, Libre Expression, 1998.

Les Funambules d'un temps nouveau, roman, Libre Expression, 2001.

Grand Prix du livre de la Montérégie 2002, catégorie Roman - Prix Alire. Réédition,

Les Chemins d'Ève, tome 1, roman, Libre Expression, 2002.

Les Chemins d'Ève, tome 2, roman, Libre Expression, 2002.

Grand Prix du livre de la Montérégie 2003, catégorie Roman.

Les Chemins d'Ève, tome 3, *La fin des utopies*, roman, Libre Expression, 2005.

Les Chemins d'Ève, tome 4, *L'heure des choix*, roman, Libre Expression, 2006.

Fiches d'exploitation pédagogique

Vous pouvez vous les procurer sur notre site Internet à la section jeunesse / matériel pédagogique.

www.quebec-amerique.com